위대한 카시니, 토성 품에 잠들다

# 위대한 카시니, 토성 품에 잠들다

서옥임 시집

개미

# 첫 시집 『위대한 카시니, 토성 품에 잠들다』를 출간하면서

어린 소녀, 원두막에 앉아
바람의 그림자를 보며, 아카시아 향내를 느끼며,
시상이 떠오를 때마다 시집 노트에 시를 쓰고 노래하
며 시인을 동경해 왔다.

이십 세가 되기 전 유명 일간지의 신춘문예 공모에 한
두 번 응모도 했지만 젊은 시인들의 당선작을 보며 높은
벽을 실감하고 일찌감치 시인의 길을 접고 평범한?(평범
한 일상 속에서도 시상이 뭉클 떠오를 때마다 시집 노트에 차곡차곡
써왔던 반짝이던 시들은 어디로 사라졌는지 보이지 않고 찾을 수 없
었다.) 일상의 날들이 주마등처럼 흘러 반백의 나이 훌쩍
지나서야 시인의 길에 한 발짝 두 발짝 걸음마를 떼고 있
다.

그토록 소망하던, 기대에 부푼 이 순간.

두근거리는 가슴, 부담감이 엄습해 옴을 감출 수가 없다. 만천하에, 나의 모든 사상이 벌거숭이로 고스란히 내맡겨지는 부끄러움이랄까.

나의 이름이 새겨진 첫 시집을 용기와 함께 세상에 얼굴을 내밀어 본다.


첫 시집이 출간되기까지 몸과 마음을 다하여 도와주신 양천문인협회 제11대 박숙희 회장님과, 도움주신 모든 분들께 깊은 감사의 마음을 전한다.

나의 소중한 아들 딸아 사랑한다.


벚꽃 흐드러지는 2025년 4월의 어느 봄날에

초원(草原) 서옥임

# 위대한 카시니, 토성 품에 잠들다

**차례**

**시인의 말** 004


**제1부**

## 시간여행

사각의 정원  014

눈빛 선한 사람  016

여의도의 봄  017

할미꽃은 아기꽃  019

별마로천문대에서 여름철 별자리를 관측하다  020

당신의 시를 읽고  022

장독대 풍경  023

봄비 개인 후의 인왕산  025

우주 주택  026

무릉도원  028

시간여행  029

제3세계로의 동경  031

제주 여행 033

CCTV 카메라의 하루 034

위대한 카시니, 토성 품에 잠들다 035

청춘, 그 그리움 037

내 나이 60 출근을 한다 038

하늘을 보자 039

찬란한 젊은 날 041

어제, 오늘, 그리고 내일 043

살아있음에 045

**제2부**

# 우리는 날마다 지옥철을 탄다

난 이제 떠난다 048

석계공원 묘원에서 — 침묵하는 영혼에 바치는 시 050

비애 젖은 소나무 052

바람의 그림자 054

D M Z 055

플라타너스나무 그늘 아래 057

눈물비 059

코로나 후유증에 대한 절규 060

책갈피 안의 별 062

낙엽이 가는 길 063

까마귀 노래 구슬프고 애틋하다 065

용산행 열차를 타고 067

아버지와 짐자전거 069

전철 안에서 072

밤에 피는 꽃 074

박스 줍는 할머니 075

울 엄마 076

허전한 마음 077

ㄱ자 할머니와 캐리어 078

우리는 날마다 지옥철을 탄다 079

제3부

# 사랑하는 나의 아들 딸아!

3월의 노래, 봄이 오는 소리 082

칸나의 계절 084

그곳에 가면 085

사랑하는 나의 아들 딸아! 086

아버지 088

상사화 090

그 다락방 그 소녀 091

나의 학이여 092

바람의 언어 093

어머니 094

목이 메인다 096

나의 용은 여의주를 움켜쥐고 있다 098

빛의 외사랑 099

멈춰버린 사진 100

백곡 저수지에 뜬 달 101

눈이 내리네 103

**제4부**

내면의 소리에

6월의 하루를 시작하며 106

자귀 꽃 필 무렵 107

무궁화 108

내면의 소리에 110

넝쿨 식물 112

옥수수 113

엔켈라두스의 물기둥 114

쫓기는 사람들 116

존재하는 것은 공평하다 117

가을 장미 119

계절을 망각한 꽃 120

벽 121

낙엽비 122

시련은 에너지를 낳는다 123

뒷모습에 새겨진 표정 124

어느 가난한 시인을 위하여 125

거울과 사진 127

어느 남자의 문신 129

눈물의 가치 130

빨대 131

염화칼슘 코팅의 계절 133

별마로천문대에서 겨울 천체를 관측하다 134

독백 136

**해설**

**박숙희** _ 삶의 외침이 응축된 깊은 인간애의 시 세계 137

**제1부**
시간여행

# 사각의 정원


혼돈의 굴레
절망의 심연에서
가녀린 짐승의 몸부림으로
울부짖던 젊은 날

기어코
한 움큼 어둠을 마셔버렸다
굳어가는 육신의 몸뚱이 위로
춤추듯 가벼운 영혼의 또 다른 나

저 시리도록 푸른 하늘이
희망으로 다가오던 날
모든 존재에 감사하며
부딪힘도 순응하며 지나온 세월

희喜노怒애哀락樂 온갖 사연 생명들을
믿음직스러운 자태로 품어 안고
태고적 비밀마저 꿰뚫을 듯

찬연히 우뚝 솟은 아파트먼트!

살빛 사각의 정원에
안전 나무 푸르게 가꾸며
화합 꽃을 찬란히 피우니
도란도란 삶의 향기 솔솔 불어온다

# 눈빛 선한 사람

눈빛 선한 마음속엔
맑은 기쁨의 시냇물이
넘쳐 흐른다

눈빛 선한 얼굴엔
고요한 평화 있어
근심의 무게 가벼워지고
상념은 봄눈 녹듯 사라진다

눈빛 고운 가슴엔
포근한 사랑 있고 그 고요 속
세상 암흑 끌어안아
밝고 맑은 참 평안을 선물한다

선한 눈빛 사람은
갓난아이 해맑은 미소
햇살비가 까르르 내려앉는다

# 여의도의 봄

개나리 명자꽃 핀 윤중로
흐드러진 벚꽃 그늘
각양각색 모여든 인파들 설레고
질주하는 자동차
감탄사 힐끗 번개처럼 사라진다

진달래 목련 수줍은 앙카라 공원
호젓한 산수유꽃 오솔길
애틋한 남녀 밀애를 즐긴다
민들레 씀바귀꽃 흰나비 분주하고
복사꽃잎 스치는 봄바람에 파르르 떤다

실버들 하늘거리는 샛강 생태공원
연두빛 하양빛 꿈결 같은 꽃구름
여의 못 오리 자맥질이 한창이다
파랑새꽃 제비꽃 다소곳이 봄볕 쬐고
산뜻한 자전거도로 라이딩이 즐겁다

벚꽃 만개한 국회의사당
금융투자협회 지기 황소 힘이 불끈 솟는다
태양이 머리 위를 비출 즈음
빌딩 숲 화이트칼라 쏟아져 나오고
꽃눈 내리는 여의도 미소가 화사하다

빛바랜 갈대는 변함없이
거친 강바람에 휘고 흔들리며
어딘가를 향해 연신 굽신거린다
메타쉐콰이어는 우뚝 서서
조아리는 갈대를 응시하고 있다

까치,
목청 높여 노래 부른다
기나긴 겨울 지나
새봄이 왔노라고
한강은 여의도를 품고 유구히 흐른다

# 할미꽃은 아기꽃

이름 모를 무덤가에
피어있는 할미꽃
자리 한 켠 내어준 어느 뉘께
다소곳이
고개숙여 인사하네

할미꽃
참으로 근사하구나
뽀송뽀송 보들보들
솜털 뽀얀 모습이
아기꽃이 어울릴 듯

봄볕 쬐는 무덤 앞에
피어있는 아기꽃
외로움에 겨운 어느 뉘의
사랑스러운
친구가 되었다네

# 별마로천문대에서 여름철 별자리를 관측하다

며칠 동안 비가 오지 않았다
일기예보에 내일 오후에는 비가 온단다
천문대는 보통 몇 달 전에 예약을 해야 한다
다행히 오늘 온종일 날씨가 맑았다
예약시간이 뇌어 지하 전체투영실에서
여름철 가상별자리를 보면서
전문 가이드의 설명을 들은 후
봉래산 최정상 천체관측실로 향했다
오늘은 토성을 볼 수 없습니다 라며
가이드가 큰 소리로 알린다
가슴이 철렁, 밤하늘을 바라보니
흰 구름이 빠르게 흘러가고 있었다
천체 관측 특히, 토성을 만나기 위해
몇 달을 기다렸는데…
가이드께 흰 구름이 지나가면
토성을 볼 수 있지 않겠느냐고 소리 높이고
차례를 기다려 망원경으로
여름철 대삼각형으로 불리는

직녀성 베가와 데네브,
견우성 알타이르를 관측했다
그 옆으로 은하수(미리내)가
길게 띠를 이루며 강처럼 흐른다
베가는 거문고 데네브는 백조
알타이르는 독수리자리에 속한다
별자리를 보고 있는데
가이드가 토성을 볼 수 있다고 소리친다
나는 뛸 듯이 기뻐하며
행여 구름이 다시 가릴까 서둘러
멋진 고리의 행성 토성을 관측했다
하필 공사로 인해
천문대에서 자체 운영하는
셔틀버스를 이용해야 하므로
막차 출발시간이 되어
차분히 볼 수가 없었다
일상생활로 돌아온 후에도
실컷 보지 못한 아쉬움이 맴돈다
지난겨울에도 이번 여름에도
천문대에 나이 많은 사람은 이 한 몸뿐
좀 더 빨리 우주에 관심을 가졌더라면…
아쉬움이 먹구름처럼 밀려든다
다음에는 우리의 별 태양을 뵈러 가야겠다

# 당신의 시를 읽고

나의 시가
몸둘 바를 몰라
멈칫거립니다

당신의 시는
푸른 하늘바다,
노 저어가는 양떼구름,
벚꽃 흩날리는 섬진강변,
연분홍 꽃담요 살포시 밟으며
봉긋이 부푼 연초록 입술을
새까만 눈동자로 키스합니다
노란 둥근달이 서녘으로 질 때까지
사랑의 세레나데 그칠 줄을 모릅니다

당신의 시는
세포 사이사이 흐르는 실개천
메마른 나의 영혼을 흥건히 적셔줍니다

# 장독대 풍경

뚜껑 열어젖힌 항아리
나란히 나란히
간장 된장 고추장…
햇살 샤워 개운하다
장독 가장자리 앉아쉬던 잠자리
제 얼굴을 비춰보다 총총 날아가고
흰 구름도 몸매 살짝 비추며
뭉게뭉게 지나간다

장독대 아래 고만고만 채송화
나란히 앉아 도란도란
오늘은 어떤 이야기꽃을 피우나
끄트머리 맨드라미 귀 쫑긋 세우고
바람은 채송화랑 맨드라미향
간장 된장 고추장내 걸치고
산들산들 사라진다

그림자 동쪽으로 길게 옅어질 즈음

〈

쭈글쭈글 노파 얼굴 얼핏
거죽손 흙냄새 풀풀 풍기며
항아리 뚜껑을 덮고
간장 된장 고추장…
나란히 나란히
새액 쌕 매콤 짭쪼름한 꿈을 꾼다

# 봄비 개인 후의 인왕산

인왕산이 다가와 인사하네
너무 바짝 다가와
우리 사이 이토록 가까운지
깜짝 놀랐네
마주한 기차바위 얼굴
둥그런 우주선을 닮아
한 발짝 다가가 올라타면
어느 먼 우주로
순간이동할 듯하여
내 마음 순간 착각에 빠졌네
무지개는 손에 닿을 듯 말 듯
인왕산을 푸근히 감싸고 있네

# 우주 주택

무수한 별들의 요람
광활한 우주에서
아름다운 행성이 되기를 갈망하며
인고의 시간 엮어 자신을 연마하는
거친 소행성들의 비행

우주 안의 우주
파괴의 신처럼 맹렬히 날아오는
혜성도 두렵지 않은
떠 있는 자율주행
둥근 우주 주택

연못 속에 비친
풍덩 떨어질 듯 탐스러운 과일
양귀비꽃보다 화사한
꽃들 위에 쏟아지는
빛살마저 나른한 날

푸르던 고향별
인류의 조상 오스트랄로피테쿠스가
두려움에 떨며 생을 연명하던
원시 지구로
시간여행을 떠나볼까나

# 무릉도원

비취빛 물색
선상에서 청량한 목소리로
노래하는 처녀 총각
수만 년 전 바다가 융기하여
걸작 중의 걸작 천자산
십 리 화랑이 펼쳐지고
꿈 속인 듯 그림 속인 듯
천문산 하늘 동굴이
운무를 풀어헤치며
신선의 나라로 인도하네

# 시간여행

블랙홀Black Hole,
*사건의 지평선 너머 선사시대로
시간여행을 떠난다

봄볕 따사로운 천제단 언덕 아래
*따비로 밭 가는 벌거숭이 남정네
움집 화덕에 불 지피는 아낙네
웃음소리 낭랑하게 *석곽묘 돌며 뛰노는 아이들
아! 조상의 숨결 그윽하여라

*타키온Tachyon,
빛의 속도보다 빠르게 조선시대로
시간여행을 떠난다

필사즉생 필생즉사의 정신으로
*창제귀선 타고 왜적을 물리치는 충무공 이순신
논개를 찬미하고 봄비를 노래하는
신시의 선구자 *수주 변영로

아! 님들의 조국애 거룩하여라

*워프Warp10,
시공간을 왜곡하여 우주시대로
순간이동을 한다

*아인슈타인 로젠 다리 건너
안드로메다은하 푸른 별장에 누워
팔 뻗어 청정 과일을 따먹고
무지개꽃 뜨락을 서니는 나성한 연인들
아! 후손의 지혜 감미로워라

*사건의 지평선: 블랙홀의 입구, 블랙홀의 중력을 이겨내고 탈출하기 위한 탈
　출 속도가 빛의 속도를 넘어서는 시작 구간, 시간이 멈추는 듯 보이는 경계.
*따비: 풀뿌리를 뽑거나 논밭을 가는 원시 농기구.
*석곽묘: 돌덧널무덤, 자갈 따위의 석재로 덧널을 만든 무덤.
*타키온: 빛의 속도보다 빠른 속도를 가지는 가상의 원자 구성 입자.
*창제귀선: 이순신 장군이 왜란 직전 과학적으로 건조한 돌격용 철갑전선, 거
　북선을 이르는 말.
*수주 변영로: 독립선언문을 영역한 시인, 수필가(1897~1961년).
*워프 10: 시공간을 왜곡하여 빛의 속도보다 훨씬 능가하여 거의 무한대의 속
　도로 여행하는 항법- 축지법과 비슷.
*아인슈타인 로젠 다리: 아인슈타인과 로젠이 연구한 통로, 우주의 시간과 공
　간의 벽에 난 구멍을 통하여 우주 특정 지점과 지점을 연결해 주는 가상의 이
　동 통로, 지름길.

# 제3세계로의 동경

한 톨 한 톨
햇살의 씨앗을 심어
드넓은 산야에 틔우리라
콜럼버스보다
머나먼 세계를 거쳐
내게로 다가 온 너의 꿈을

한여름
노고지리 노랫소리 들으며
단풍나무 길을 걸으리라.

가닥가닥
빗줄기의 타래를 엮어
끝없는 바다에 띄우리라
삼장법사보다
수많은 세사를 겪고
내게로 기대 온 너의 고뇌를

씨 겨울
벚꽃 날리는 바다를 보며
눈부신 백사장을 달리리라.

# 제주 여행

비상하는 은빛 날개
형상화한 뭉게구름 향연 아찔하다

곤두박질치는 빛줄기
아래 녘 돌담 오두막에서 부서진다

출렁이는 파도 은비늘이 튀어 오르고
끼룩끼룩 갈매기 나즈막히 난다

해저 골짜기 옹기종기 산호초
형형색색 온몸으로 어둠을 밝힌다

끈적이는 바람맞는 푸른 들녘
소나기는 뚝뚝 짠물을 토해낸다

이름 모를 돌무더기 사이로
속없는 조랑말 풀 뜯고 달린다

# CCTV 카메라의 하루

빙그르르 찰칵!
눈을 깜박이며 촛점을 맞춘다

도둑을 모르는 CCTV 카메라
그저 움직이는 모든 것이 반가운 것일 뿐
찌릿찌릿 도둑은 제 발 저린다

아! CCTV 카메라는 잠도 없구나
참 부지런도 하여라

하루 종일 365일 쉬지도 않고
지나가는 자동차마다
깜박깜박 눈을 맞춘다

하루 종일 365일 지치지도 않고
지나가는 사람마다
방긋방긋 눈을 맞춘다

# 위대한 카시니, 토성 품에 잠들다


*스윙바이swingby 항법으로
천체 중력 에너지를 수혈하며
인류의 희망을 싣고
토성으로 향하는 탐사선 카시니호
목성 자기장, 태양풍을 감지한다

소행성대를 무사히 지나
육각형 소용돌이가 선명한
아름답고 역동적인 토성까지
삼십오억 킬로미터
칠 년의 머나먼 여정이
참으로 대견하다

메탄 바다의 타이탄
엔켈라두스의 물기둥
역주행하는 포에베를 탐사하고
암석, 얼음 조각들의 신비로운
고리를 가로질러

토성 대기권에 진입한다

지구로부터 십삼억 킬로미터
시속 십이만 킬로미터
천오백 킬로미터 토성 하늘로
죽음의 다이빙을 하며
최후의 순간까지 자료를 전송하고
장렬히 산화한다

팔십억 킬로미터, 이십 년의 생애
우주의 수많은 베일을 벗기고
마지막 유작으로 작별을 고하며
토성 품에 영원히 잠든 카시니
위대한 카시니여
굿바이goodbye.

*스윙바이swingby 항법: 천체의 중력을 이용해 우주선의 가속을 얻는 기법.

# 청춘, 그 그리움

청춘이란, 너무나 싱그럽기에
쉬이 가는 것
쏜살같이 지나간다

어지러운 네모 틀 안에
영혼을 팔고
혹사한 횟수만큼 기형된 손가락
게임에 중독되어 화면 속에 갇혀버린.

따가운 부모 시선에
주눅이 들어
가방의 무게만큼 늘어진 어깨
공부에 파묻혀 책 속에 갇혀버린.

청춘은, 너무나 쉬이 가기에
안타까운 것
다시는 오지 않는다

# 내 나이 60 출근을 한다

내 나이는 60
얼마 전 면접을 12번 치뤘다
탈락한 이유는 나이 탓
대부분 하는 말
집에서 쉬어도 되지 않나요?

굴하지 않고 12번째 면접에서
당당히 합격하여 회사에 출근을 한다
백발이 무성한 머리에 염색을 하고
깊이 패인 주름을 감추려
최첨단 화장품으로 위장을 한다

주름을 백발을
자랑스러운 경륜으로 여기며
당당히 출근하는 날이
언젠간 올 수 있겠지.

# 하늘을 보자

하늘을 보자
두둥실 흰 구름 노니는
푸른 하늘이 좋다

하늘 한 번 쳐다보면
에메랄드 눈빛 되고
태양 품은 가슴 된다

하루에 한 번쯤
하늘을 보자
잿빛 장막 드리운
하늘이라도 좋다

하늘 한 번 올려다보면
삶의 무게 가벼워져
발걸음이 경쾌하다

하루에 한 번이라도

하늘을 보라
번뇌로 엉클어진
날일수록 더욱 좋다

하늘 한 번 간절히 보면
얽히고설킨 실타래가
술술 풀릴 것이다

하루에 세 번은
하늘을 본다
세끼 식사로
몸을 튼실히 하듯

시시때때로
하늘을 우러러 보며
마음을 살찌운다

# 찬란한 젊은 날

한적한 시골마을
양지바른 초가집 담벼락에 기대어
무엇이 그리 즐거운지 깔깔대는
십대 소년소녀들의 수다
햇살처럼 눈부시던 그 얼굴들

고향에 가면 간혹
아이의 또 그 아이의 부모가 되어
인생의 훈장처럼 고랑이 패인
주름진 또래를 만나거나
병으로 사고로 세상을 등졌다는
소식을 듣곤 한다

어쩌면 세월이 이리도 빠른지
하룻밤 꿈에서 깨어난 듯한데
쫓기듯 앞만보며 인생길을 달리다
거친 숨 몰아쉬고 뒤돌아보니
우리들의 젊은 날이

저만치 가고 있다

허름한 옷차림에
고구마로 허기를 채워도
시름없이 마냥 즐겁기만 하던
순수 하나만으로도 빛나던
싱그럽던 그 시절
찬란한 젊은 날이었다

# 어제, 오늘, 그리고 내일

안도의 한숨을 몰아쉰
어제
꾸역꾸역 버티는
오늘

하루하루 곡예하듯
살얼음판 길을
위태위태 걷지만

비바람을 견디어 낸
아름드리 나무가
증명하는 한
젖은 땅이 더욱
단단해짐을 아는 한

그만큼 나의 길이
견고해질 수 있다면
나는 기꺼이

그 길을 가리라

내일은
내일의 태양이 뜬다는, 말을
굳게 믿고

오늘 이 한걸음
앞으로 앞으로, 당당히
내일을 향하여
나아가리라

# 살아있음에

제아무리 힘든 일이 있을지라도
살아있음에 행복해하라
너무나 고통스러워 몸부림친다 해도
살아있음에 위안을 삼아라
도무지 희망이 보이지 않을지라도
살아있음을 감사하라
비록 지금이 힘들지라도, 고통스러울지라도,
불행이 그늘처럼 짓누를지라도
죽음보다는 낫다는 것을 새겨두거라
죽음은 사라진다는 것을, 잊혀진다는 것을
잊지 말거라
살아있으면, 살아 숨 쉬고 있다면 언젠가는
고통은 물러가고 행복이 찾아올거라고
희망의 끈을 놓지 말기를 굳게 다짐하기를
절망에서 허덕이는 이 죽음을 생각하고 있다면
애타게 삶의 끈을 붙잡고 픈 이가 있다는 것을
명심하거라
살아있음에 살아있음에 감사하기를

## 제2부

우리는 날마다 지옥철을 탄다

# 난 이제 떠난다

난 이제 떠난다 아~
다시는 돌아올 수 없는 곳으로
달은 구름 뒤에 숨어버리고
구름 또한 하얀 달을 가려버렸다

난 이제 떠난다 아~
내일을 기약할 수 없는 곳으로
통곡은 심장 속에서 몸부림치고
심장 또한 통곡으로 찢기워져버렸다

구멍 뚫린 영혼일랑
사악한 악마에게 던져버리자
갈가리 찢긴 육신이여
굶주린 까마귀의 밥이 되어버려라

너를 홀로 남겨 둔 채
미련의 그림자를 길게 드리우고
한 모금 담배연기처럼 허무하게

아– 난 이제 떠난다

어디선가 바람결에
귓전을 스치는 첼로의 선율은
가슴을 파고들어
두 줄기 용암되어 하염없이 솟아 흐른다

# 석계공원 묘원에서

— 침묵하는 영혼에 바치는 시

무심한 해는
서둘러 모습을 감추고
남겨진 황혼
이름 모를 산등성이 맴도는데

어둠 맞을 준비하는
묘지들 사이로
국화꽃 한 송이
놓일 곳 찾아 헤매인다

아홉 번의 봄 아홉 번의 여름
아홉 번의 가을 겨울 지나
해마다 오리라 다짐했건만
이제야 찾아온 이곳

아련히 서 있는 산 이름은
예나 지금이나
궁금하지만 굳이

알고 싶지 않은 까닭은

종일 억수같이 쏟아지던
겨울비는 다음날
조용히 누울 자리 위해
통곡을 멈출 수밖에

애꿎은 손은 국화 꽃잎만
뜯어 날렸었지
무심한 해와 걸음 느린 황혼이
사라질 때까지

무언가 어디엔가 누구엔가
치밀어 오르는 분노
'왜' '하필이면' 혼잣말을
수없이 되뇌이는데

딱딱하고 비좁은 침상에서
외치는 존재의 속삭임
내려와 침묵하는 어둠처럼
무심無心하라고

# 비애 젖은 소나무

소나무가 절규하고 있다!
슬픈 몸부림 보이지 않는가?
기름때에 새카맣게 쩔은
잎사귀 몇 잎 붙이고
살아남으려 애쓰는 모습
참으로 애처롭다

소나무가 죽어가고 있다!
신음소리 들리지 않는가?
종족 번식 본능으로
솔방울을 주렁주렁
잔뜩 맺어보지만
헛수고일 뿐이다

소나무가 사라지고 있다!
한숨소리 들리지 않는가?
잣나무, 활엽수에 밀리고
온갖 공해에 찌들어

쇠약해진 땅의 기운으로
싹을 틔울 수가 없다

능골산 산마루
사색의 공간에서
*솔 생키 뜯어먹던
옛 동산을 떠올리며
소나무를 바라보고 있다!
못 본 척 외면해야 하는가?

*솔 생키: 옛날 배고프던 시절 소나무의 새로 나온 연한 가지의 속껍질을 입
 으로 벗겨 먹으며 하모니카 부는 흉내를 냄.

# 바람의 그림자

바람의 그림자가
미끄러지듯
덕룡산 산마루를 지나
청보리밭에 비단 물결을 그리며
원두막에 앉아 노래하는
소녀의 반짝이는 머리카락을 쓰다듬더니
연못을 사알짝 두드리고
멀리멀리 사라진다

바람의 그림자는
미끄러지듯
덕룡산 산마루를 지나
청보리밭에 비단 물결을 그리며
원두막에 앉아 시를 읊는
여인의 주름진 얼굴을 어루만지더니
연못을 사알짝 두드리고
멀리멀리 사라진다

# D M Z

세상에서 가장 특별한 땅
D M Z를 사이에 두고
서로 총구를 겨누고 있다

왜, 우리는 너와 내가 되어
대치해야 하는 것일까
분단의 아픔 대신 오염되지 않은
천연자연을 얻은 것일까

제 키만큼 자란 풀숲에서
고라니, 빼꼼히 고개만 내밀고
적은 과연 몇일까

바람은 철조망 너머 북녘으로
자유로이 불고
물은 지뢰 밟고 남쪽으로
거침없이 흐른다

그 누구도 넘을 수 없는 하늘을
새들은 마음껏 넘나든다

# 플라타너스나무 그늘 아래

교문을 들어서면
키 큰 플라타너스나무들이
시원한 그늘을 드리우고
화강석 의자에 비잉 둘러앉아
도화지에 그림을 그리며
재잘대던 그 시절

가끔 고향마을 가는 길
달리는 승용차 안에서
곁눈질로 살짝 지나치던
플라타너스나무들
오늘은 교문 앞 모퉁이에
차를 잠시 세워놓고
다 자라 어른이 된 자녀들과
플라타너스 고목 아래
낡아버린 의자에 둘러앉아
옛 애기를 들려준다

나뭇잎은 여전히 푸르르고
잎사귀 사이로 보이는
고향 하늘 여전히 높고 파랗다
바람이 볼을 스치운다
그 옛날의 유년 시절처럼

# 눈물비

내리는 비
눈물이어라
빗방울이 떨어져
비웅덩이에
동그란 파문을
일으키면
슬픈 얼굴이
일렁인다
묻어 왔던
처량한 진심
빗줄기 되어
흐르고 흐른다
사랑했던 당신
사랑하는 당신
부르고 또 부른다
빗속에 흘려보낸다

# 코로나 후유증에 대한 절규

대상포진, 공황장애 새파란 젊은이들이 스러져가네
코로나 백신 후유증에 시달리네
어디에 하소연을 하며 누구에게 분풀이를 할까
버스, 지하철 마음대로 탈 수 없고
운전대 또한 잡을 수 없으며
늙어 죽을 때까지 대상포진을 안고 가야 하는
장래유망한 젊은이들이 어느 날 갑자기
몸과 마음은 일을 할 수 없을 정도로 망가졌으며
수명은 얼마나 짧아질까
바보가 되었구나 병신이 되어버렸구나
가만히 있어도 하루에도 수차례 숨넘어가기 일쑤고
물과 신경정신과 약을 어디든 가지고 다녀야 하고
잘 때에도 머리맡에 두어야 하며
잠도 편히 깊게 잘 수가 없다
부모 된 도리를 어떻게 해야 하나
제 몸 건사하기도 힘든 늙어버린 몸이
젊디젊은 자식의 평생을 어찌 돌봐주어야 하나
코로나 백신은 왜 맞았을까 정말 후회되는구나

전 사회적으로 정부에서 맞지 않으면 안되도록
집단 압력을 주었으며
세계적으로 사기를 당했구나
어느 누가 완치해줄 것이며
어느 누가 보상해줄 것인가
눈에 넣어도 아까운 자식의 평생을
어느 누가 돌봐줄 것인가
후회 또 후회해도 어찌할 도리가 없구나
가슴이 답답하여 숨이 막히는구나

# 책갈피 안의 별

별들이 우수수 쏟아져 내린다
앳된 소녀가 별을 줍는다
빨간별 노란별

별들이 하늘에서 빙글빙글 돌아
땅 위에 사뿐히 내려앉는다
백발의 여인이 별을 주워
책갈피에 끼워놓는다
가끔 초록별도

별들이 책갈피 안에서 빤짝거린다
빨간별 노란별 초록별
초록별 노란별 빨간별

# 낙엽이 가는 길

쓸모를 다한 잎새는
화려한 색채로 마지막을 장식하고
삼계절 몸담았던 나무에
작별 인사를 던지며
사르르
먼 길을 나선다

기약 없는 낙엽은
정처 없이 떠돌다
빛바래고 부스러진 만신창이가 되어
바람 따라 구를
기운마저 없어질 때
비로소
눈이며 흙을 이불 삼아
지친 몸을 누인다

따사로운 어느 봄날
파릇한 새싹이 땅 위에

살포시
얼굴을 내민다
한때 화려했던 낙엽은 양분이 되고
어린 새싹은

어여쁜 꽃을 피우고
아름드리 나무가 되고

# 까마귀 노래 구슬프고 애틋하다

죽은 자의 환생인가
까마귀 떼 마중하듯 인사한다
양지바른 석계공원 묘원 하늘에서
까마귀 노래 구슬프고 구슬프다
십이월 바람이 유난히도 시원하다
까 아 까 아 이제야 왔니

무리에서 그리움 하나 보았다

생의 절실함을 모르는 자 이해할 수 있으랴

재회는 짧고 기약 없는 이별의 시작이.

수십 마리인가
까마귀 행렬 배웅하듯 호위한다
석천 비탈길 지나 양산대로 하늘까지
까마귀 노래 애틋하고 애틋하다
청명한 하늘이 희뿌연 안개에 젖는다

까 아 까 아 우리 잊지 말자

무리에서 희망 하나 반짝인다

오늘 성대한 결혼식이 있었다

혈육에서 혈육으로 종족은 이어지고.

# 용산행 열차를 타고

구순을 훌쩍 넘긴
노모의 정성이 섬섬히 배인 보자기에
주섬주섬 담아준 고향의 갖가지 사연을 안고
열차는 깊은 한숨을 내쉬며 나주역을 출발한다

자욱한 안개에 휩싸인 십이월의 가로등이
졸음 가득한 눈으로 꾸벅꾸벅 졸고 있다
열차는 공간 속을 달려 정읍역에 다다르자
잔뜩 움츠린 거무스레한 행렬이
짐승의 무리처럼 엉금엉금 안개 속으로 사라진다

열차가 시간 위를 달리자 밤이 슬그머니 내려와
검은 장막을 펼치니
안개는 흔적도 없이 사라져버렸다
열차는 박차를 가하며 밤을 달리고
칠흑같이 어두운 들판을 지나치는가 하면
대낮처럼 환하게 밝히는 조명들의
현란한 도시를 미끄러져 간다

〈
어둠이 깊어갈수록 가로등은
더욱 반짝이는 눈빛으로 깜박거리고 있었다
이윽고 열차는 지친 몸을 이끌며
용산역에 도착한다

# 아버지와 짐자전거

돌이켜보니
아버지에 대한 기억이 거의 없다

할아버지를 일찍 여의고
어려서부터 중국, 일본이며
전국을 떠도셨다는 아버지

팔순을 훌쩍 넘겨
몸져누우신 후에야
고락을 함께해 온
짐자전거와 결별하고
아랫목을 벗어나지 못하셨던

전등도 없던 시절
행상을 하셨던 아버지는
몇 달에 한 번 정도랄까
모두 잠든 어두운 밤
별을 친구 삼아 오셨다가

이내 곧 새벽이슬 적시며
길을 떠나시곤 했다

평생 아버지 얼굴을 마주한 기억이
몇 번이었는지
손가락으로 셀 수 있을 정도다

어느 날엔 친구들과 하굣길에
동네 어귀 언덕을
당신보다 덩치가 훨씬 큰
곡식자루 가득 실은 짐자전거를
낑낑 밀며 올라가시는 당신을
목격했지만 남 보듯 했다
아니 창피하게 생각했다

아버지는 그 일대에서
서영감이라 불렸다
난 그게 싫었다

늙어서도 아버지는
무거운 짐자전거를 이끌고
이 동네 저 동네
먼 길을 다니셨다

사람들은 역마살이라 했다

흰 한복 차림에 밀짚모자를 쓴
아버지의 왜소한 모습이
짐자전거와 함께
나의 뇌리에 각인되어 있다

# 전철 안에서

전철 안에서
여인의 흐느끼는 소리가 들린다
사람이 많아 모습은 보이지 않지만
어찌나 서럽게 울던지
나도 모르게 울컥 눈물을 쏟는다
밤새 부모님이 돌아가셨나
큰 병에 걸린건가
남편이 속을 썩이나
혼자서 유추해 본다

나도 이런 적이 여러 번 있었지
칠흑 같은 어느 밤엔
마구 뛰쳐나가 대大 자로 누운 채
퍼붓는 소나기를 맞으며
대성통곡을 하는데
목탁 소리와 함께 들리는
어느 스님의 염불 소리에
위안이 되어

서서히 통곡을 멈췄었지
절 마당이었으리라

과거의 시련이 있었기에
나름 성장할 수 있었고
오늘의 저 여인도
슬픔을 딛고 일어서리라
마음속 응원을 보낸다

# 밤에 피는 꽃

눈을 감는다
1,2,3,91,92…
눈을 뜬다
일어난다
책을 보고
TV를 켜고
먹는다 밥 간식 가리지 않고
밤새 하얀 꽃을 피운다
언제부터인가
밤에 피는 꽃이 되었다

# 박스 줍는 할머니

출근길 버스 정류장에서
오늘도 어김없이
본인만 아는 코스를 경유한
할머니가 나타나신다

정류장과 교회 사이에 놓인
박스 몇 장을 손수레에 올리는 사이
버스가 아슬아슬하게
할머니를 피해서 정류장에 멈춘다

할머니는 목숨을 걸고
박스를 줍는다
알만한 차들은
당연한 듯 비켜 지나간다

젊었을 적 인생이
순탄치 않았었나 가늠해 보며
미래의 자화상을 조심스레 그려본다

# 울 엄마

이 한 단어에
모든 것이 함축되어 있는
울 엄마

들어도 들어도 정겨우며
불러도 불러도 질리지 않는
울 엄마

오늘따라 울 엄마가 너무도
그리운
엄마 엄마 울 엄마

저편 영혼들이 거주하는 그곳에서
행복하세요 아프지 마세요
울 엄마

보고 싶고 안기고 싶어요
나의 울 엄마

# 허전한 마음

어떤 이도 채워줄 수 없는
이 헛헛함 이 허허로움
행복했던 시절
당신의 푸근함이
사라진 이래
가슴 한구석이 뻥 뚫린 듯
허전한 이 마음

고층 아파트 지붕 위로
뒤늦게 떠오르는
하현 달빛이
오늘따라 유난히 밝아
이 가슴 텅 빈 이 가슴을
몹시도 몹시도 후비는구나

# ㄱ자 할머니와 캐리어

화곡 전철역에서
ㄱ자로 구부러진 할머니가
왜소한 몸보다 덩치 큰 캐리어를 끌고
전철 안 노약자석에 앉는다

할머니 뒤에 줄 서있던
희끗한 머리에 모자를 눌러쓴 남자가
양손에 캐리어를 끌고
맞은편 노약자석에 앉았다

신길역에 다다르자
남자가 내리고 할머니도 내렸다
캐리어를 질질 끌며
말없이 걸어가는 두 사람

캐리어와 ㄱ자 할머니의 뒷모습이
아직도 두 눈에 선하다

# 우리는 날마다 지옥철을 탄다

콩나물시루는 옛말
겹치고 눌려 찰시루떡 신세다

가방은 몇 명 건너
틈바구니에 끼인 채
꼼짝도 안 한다

구두는 남의 발을 밟고 있다
욕설이 난무하고
여기저기 아우성이다

고의가 아닌 줄 뻔히 알면서
버럭 서로 화를 낸다
찰시루떡이다

뿜어나온 김들이
떡시루 안에 뭉게뭉게
우리는 날마다 지옥철을 탄다

## 제3부

사랑하는 나의 아들 딸아!

# 3월의 노래, 봄이 오는 소리

들뜬 가슴 이유 없어
무작정
길을 나섰네

감도는 공기
상긋하여
설레는 맘 풍선처럼
부풀어 오르네

긴 여정 지나
가지 끝에 둥지 튼
연보랏빛 싹눈이 부르는
3월의 노래 들리나요

흙더미 틈새
빼꼼히 얼굴 내민
연노랑빛 새싹이 들려주는
봄의 속삭임 들리나요

〈

두근대며 밀려오는
3월의 노래
봄이 오는 소리를,
보고픈 님이시여
그대 들리나요

# 칸나의 계절

꿈속에서
칸나의 붉은 꽃길을 걸었어
오래전에 그랬던 것처럼

세월 저편
행여 누가 볼까
고이 접어 둔
젊은 시절의 페이지

그대는
희고 순결한 내게
칸나의 꽃잎처럼 붉디붉은
가슴으로 다가왔어

그리움에
서럽도록 붉은 칸나의 꽃길을
오늘도 한없이 걷고 있어

# 그곳에 가면

천년 은행 고목을 지나
능소화 길을 걷노라면
장미꽃들 소란스레
반겨주던 그곳

꽃대궐을 만들겠다며
정성스레 심고 가꾸던
님의 땀 내음
장미 향기로 피어나는데

서슬 푸른 가시는
슬픈 기억을 생생히 찔러
검붉은 꽃물로 흘러내린다

장미꽃은 담장을 타고
휘영청 흐드러지는데
님의 모습 어디에도
간 곳이 없어라

# 사랑하는 나의 아들 딸아!

아들아 딸아
우리 아름다운 추억을 쌓아 보자꾸나
아카시아 향기 진동하는
고향마을 언덕에 통통하게
물오른 삐비 뽑아 먹고
소나무와 느티나무 손잡고 춤을 추는,
비밀스런 연리목을 만나러 가자

아들아 딸아
우리 즐거운 여행을 다니자꾸나
들로 산으로 강으로 바다로
갈 곳도 볼 것도 너무나 많은데
산해진미 맛난 것도 많은데
인생이 그리 길지만은 않으니,
아름다운 시간을 만들어 보자

사랑하는 나의 아들 딸아!
우리 소중한 약속 하나 하자꾸나

어느 길로 가야 할지 막막해질 때
더 이상 길이 없다 포기하고 싶을 땐
휴식을 취하라는 뜻일지니

잠시 멈춰 서서 지나온 길을 돌아보고
주변을 비잉 둘러보려무나
막힌 길 선택 못할 길은 없다는 것을
깨달을 때가 올 것이니,
인생길을 슬기롭게 걸어가자꾸나

# 아버지

그땐 왜 몰랐을까요
양어깨의 무게가
바윗덩어리 같은지
그땐 왜 몰랐을까요
가슴속 넓이가
바다와 같은지
어디를 보아도 찾을 수 없고
아무리 귀기울여도 들을 수 없는
그 모습 그 목소리
당신에 대한 기억이 거의 없음을
강산이 몇 번 바뀐 후에야
깨달은 때늦은 후회
당신은 아버지라는
안식처요 위대한 존재였음을
그땐 왜 몰랐을까요
세월 흘러 자녀들이 장성한 만큼
쇠약해진 당신을
초췌하게만 여기면서

왜 이해할 줄 몰랐을까요
가슴에 못을 박는 말을
왜 함부로 내뱉었을까요
뼈저리게 뉘우쳐도 만회할 수 없는
불효를 저질렀을까요 왜
따뜻하고 다정한 말 한마디
팔 다리 한번
주물러 드리지 못했을까요
나이가 늘어갈수록
회한의 무게 무거워짐을
어찌할 수 없습니다
산딸기나무 가지 위에
무릎 꿇어 조아립니다
이 불효자식을 용서해 주세요
아버지, 그리운
나의 아버지

# 상사화

연연두빛 껍질 속
잉태한 정열이
새빨간 청초함으로
부화하는 상 사 화

스치는 바람과
떨어지는 빗방울에
꽃 입술을 낙인한다

푸른 잎새 향한
절절한 그리움
아리고 아려
서러움이 되었구나

심장 속 검붉게
새겨진 님이시여
그대를 사랑하노라
영원한 사 랑 아

# 그 다락방 그 소녀

꿈꾸는 눈의
한 소녀
다락방 들창으로
보이는 세상
드넓은 바다에
부서지는 파도
파아란 하늘에
노 젓는 흰 구름
끝없는 벼싹들의
초록 행진
바닷바람에 살랑대는
옥수수 잎사귀들
덧없는 세월
따사롭던
해운대의 봄날
그 다락방 그 소녀
서럽도록 그리워라

# 나의 학이여

푸른 솔 가지 위
긴 목을 길게 빼고
중천의 만월을
하염없이 바라보는
외다리 학이여

짝은 아니 오고
기다리는 마음 애타는 마음
이내 몸 너를 닮아
그리는 마음 서러운 마음

너와 나
외로운 이들끼리
오래도록 함께 하자꾸나
벽에 걸린 나의
고고한 학이여

# 바람의 언어

바람이 다가와
속삭입니다
나는 바람의 언어에 집중하며
님의 언어를
번역하여 들을 줄 압니다
사랑했었다 사랑한다
나는 인간의 언어로
나도 사랑했어요 영원히 사랑해요
님은 바람의 언어로 전합니다
나는 바람 타고 다녀
내가 곧 바람이야
바람이 불면 나를 느껴줘
잊지 마–
어떻게 잊을 수가 있나요
나도 바람이 될게요

# 어머니

이 세상 언어를 모두 구사한들
어머니의 사랑을 표현할 수 없다는걸
저는 잘 압니다

이 세상 문자를 모두 동원한들
어머니의 희생을 표현할 수 없다는걸
저는 잘 압니다

너무나 무겁고 소중한 단어이기에
어머니를 향한 마음을
차마 글로 담을 수가 없었습니다

이제 작은 용기를 내어
부족한 시로 조심스레
어머니께 다가갑니다

어머니의 품은
봄볕과 같이 따스하며

한여름 산들바람처럼 정겹습니다

모든 게 다 고맙습니다
한없이 죄송합니다
어머니, 사랑하는 나의 어머니

# 목이 메인다

그곳에 있어야 했다
그가 나를 측은히 붙잡을 때

예감을 했어야 했다
흔드는 그의 손이
마지막처럼 느껴질 때

생과 사를 가르는
기로에 있을 줄

그렇게 쉽게 꺼질 줄
나는 정말 몰랐었다

전화를 했어야 했다
그가 나를 애타게 부를 때

나는 아는 듯 몰랐다
여러 번의 암시가

예고를 했음에도

생과 사의 갈림이
백짓장 같을 줄

그게 아주 마지막일 줄
나는 설마 몰랐었다

# 나의 용은 여의주를 움켜쥐고 있다

쓸모없는 인간
사라져야 할 인간이라
자신을 놓아버리고 싶을 때
나의 용은 말없이
움켜쥔 여의주를 보여주며
용기를 주었다

하세월
언제나 그 자리에서
나를 위로하고 응원해 주는
희노애락을 함께해 온
든든한 동반자

네가 있기에
오늘의 내가 있음을
가슴속에 되새기며
더 나은 미래를 위하여
끊임없이 오늘을 전진한다

# 빛의 외사랑

마냥 밝게만 빛나는 빛
그리운 게 없는 듯 부러울 게 없는 듯

그림자를 향한 한없는 외사랑을
정녕 그림자는 눈치채지 못합니다
억만 겁의 시간 동안
그 누구도 눈치채지 못했습니다

나그네는 헤아림이란 이름으로
빛의 심정을 이해했습니다

빛은 항상 언제 어디서나
일정한 거리를 두고
더없이 그윽한 눈으로
그림자를 배려합니다

나그네는 안타까운 가슴으로
그런 빛의 마음을 동경합니다

# 멈춰버린 사진


당신과 나의 시간은
14시 15분에 멈춰버렸죠

장미꽃 향기 진동하는
싱그러운 오월의 그날
너덜거리는 몸으로
환자복을 입을 때
서막의 종은 울려 내리막으로 치달았죠

당신이 꽃가마 타고 승천하던 날
세상은 온통 눈 속에 파묻혔었죠
어언 십여 번의 겨울은
고독으로 사무쳤네요

당신의 모습은 아직도
14시 15분에 멈춰 있네요
2005년 5월 27일!

# 백곡 저수지에 뜬 달

어젯 밤
만뢰산 자락을 비추던 달이여
외로운, 외로운 성소에서
애타게 어느 뉘를 부르는
영혼 보았는가

오늘 밤
백곡 저수지에 뜬 달이여
외로운, 외로운 성소에서
애처로이 먼 하늘을 바라보는
영혼 보았는가

내일 밤
진천의 하늘을 맴돌 달이여
외로운, 외로운 성소에서
서글피 홀로 흐느끼는
영혼 보거든

그리운, 그리운 이여
진정 그대를 사랑하였노라
영원히 잊지 않겠노라
전해다오
부디

# 눈이 내리네

눈이 내리네
초가지붕에
빌딩 옥상에
나무 위에
하늘하늘
내리네
소복소복
쌓이네
님 누워계신
둥근지붕 위에도
새하얀 이불 되어
포근히 감싸주네

**제4부**

내면의 소리에

# 6월의 하루를 시작하며

출근길
차창 너머로 보이는
서울의 하늘
구름 한 점 없이 파랗다
인왕산 자락 푸른 나무들 사이
모감주꽃 필까 말까
망설이는 6월의 어느 하루가
시작되고 있다

오늘은 무슨 일이 벌어질까
하루하루 무슨 일이 일어날지
불안의 연속에서
벗어나고 싶은 마음
굴뚝같지만
힘 실어주는 이도 가끔 있어
위안을 삼으며
희망의 끈을 붙잡고
오늘을 시작한다

# 자귀 꽃 필 무렵

숨 죽인 바람
땅속 깊은 곳으로부터 꿈틀대는 뿌리들의 기지개는
안개를 피워내고
안개는
서서히 숲을 적시고 자귀 꽃잎에 스미어
영롱한 이슬로 태어난다

숨 멎는 공기
공작의 날갯짓처럼 촤아악 뻗은 햇살들의 빛줄기는
무지개를 펼쳐내고
무지개는
살며시 숲을 깨우고 자귀 꽃잎에 물들어
환상의 깃털로 피어난다

# 무궁화

그 옛날
마당가 언덕에
비바람을 맞으며 병풍처럼 둘러선
웅대한 무궁화여

꽃이 활짝 피어도
되바라지지 않으며 청초함을 잃지 않는
정숙한 무궁화여

꽃이 시들어 떨어져도
널브러지지 않으며 단아함을 잃지 않는
무구한 무궁화여

곤충이 꽃꿀을 훔쳐 가도
빈곤하지 않으며 온화함을 잃지 않는
관후한 무궁화여

뱀의 무리가 뿌리에 우글대도

쓰러지지 않으며 현명함을 잃지 않는
굳건한 무궁화여

아스라한
기억의 언덕 너머
하굣길 먼 발치서 가슴뛰며 바라보던
찬란한 무궁화여

# 내면의 소리에

내면의 소리에
가만히
귀 기울여 본다

너 자신을 위해
무엇을 하였느냐

언제였을까
나만의 과거를
되돌아본 날이

내면의 소리에
가만히
귀 기울여 본다

너 자신을 위해
무엇을 할 것인가

처음이다
나만의 미래를
바라보는 것이

무엇을 망설이느냐
시간이 그리
길지가 않구나

# 넝쿨 식물

담쟁이며 능소화 넝쿨이
무질서한 듯 정연하게
가느다란 아구로
한 마디 또 한 마디
수직 석벽에
강인한 생명력을
아로새기며
위로 옆으로
한 걸음 또 한 걸음
자신의 영토를 확장해 나간다

# 옥수수

화단 가에 줄줄이 심어놓은 옥수수
하루가 다르게 쑥쑥 자라서
내 키를 훌쩍 넘게 크는가 싶더니
이내 풋내 날 듯한 푸른 수염을 내밀고
자라는 모습 보는 재미 쏠쏠하다
오늘은
자줏빛으로 물든 수염
껍질을 슬쩍 재껴보니
터질 듯 통통히 살이 오른 노오란 알갱이
너무 먹음직스러워
찜솥에 쪄내어 오붓 단란하게
둘러앉아 하모니카 불며 맛나게 먹어주면
우리 가족 건강에 일조를 해줄
우리의 먹거리 옥수수
내일이 정말 기대되는구나

# 엔켈라두스의 물기둥


물기둥이다-
들썩이는 지구

과학자들 가슴에
인류의 가슴에
뜨거운 파문이 일렁인다

*카시니호가 전송한
벅찬 소식

*엔켈라두스 남극에서
우주를 향해 힘차게 솟구치는
거대한 물기둥들

물과 에너지, 유기물의 발견
우주의 베일이 또 한 겹
벗는 순간

해저 바닷속
열수 분출공 언저리에
북적이는 생명들

지구를 닮은
엔켈라두스!

그곳
생명체와의 멋진
조우를 기대해 본다

*카시니호: 토성 탐사선.
*엔켈라두스: 고리 바깥쪽을 도는 토성의 위성.

# 쫓기는 사람들

전철역을 향해 뛰는 사람들. 평일 아침은 시간과의 전쟁. 한두 사람 뛰면 덩달아 뛴다.

뇌너리즘으로 붐비는 전철역.

시간에 쫓기는 이심전심. 거친 숨소리가 공기를 타고. 서로에게 전염된다.

목적지를 향해 달리는 차량들. 도로는 시간과의 씨름터. 운전대만 잡으면 괜시리 급해진다.

차너리즘으로 뒤얽힌 도로.

양보는 바보라 치부하는 사람들. 손가락이 공기를 가르고. 상대를 찌른다.

쫓기는 사람들

사람이 일을 만들고. 쫓긴다. 일에. 사람이.

눈이여 높은 하늘로 다가가. 가슴이여 들숨 기이피 날숨 크으게. 몰아쉬어 보렴.

가끔은. 아주 가끔은.

116

# 존재하는 것은 공평하다

존재하는 것은 필요하다
아무리 하찮은 티끌이라도
티끌이 모이고 시간이 쌓이면
태산을 이룬다

필요한 것은 존재한다
심지어 위험한 태풍이라도
태풍이 불어서 공간을 청소하면
세상은 깨끗해진다

존재하는 것은 공평하다
장점은 단점이 대립하고
단점은 장점이 보완한다
불이 있으면 물이 있고
오목이 있으면 볼록이 있다

물질 하나하나 생명 하나하나
작은 각각이요 거대한 하나이다

공평하며 필요하기에

만물은 존재하는 것이다

# 가을 장미

가을 장미 넌
오월의 장미보다
더욱 선명하구나
쪽빛 하늘빛을 투영해
이토록 붉은걸까

미인의 입술보다 붉은
가을 장미여
하얀 서릿발을 머금어
그토록 서러운 꽃잎을
피우는걸까

치명적인 자태
고혹적인 향기는
어느 넌들 반하지 않으리

가을 장미 넌
참으로 아름답구나

# 계절을 망각한 꽃

오솔길에 외로이 핀
아카시아 꽃이여
가을도 뉘엿한데 어이해
초췌한 모습으로 낯설게 피어있나

철을 잊은 꽃이여
싱그런 봄 뜨거운 여름도 지나
보는 이 드문 외진 길가에
몇 떨기 꽃잎 떨구고 어쩌다
처량한 모습으로 어설피 피어있나

지난겨울 무슨 사연 있어
탐스러운 자태 달콤한 향내로
벌 나비 유혹하는
오월에 꽃피우지 못하고 이 가을
쓸쓸한 모습으로 외로이 피어있나
계절을 망각한 꽃이여

# 벽

뇌에 벽이 생겼다
상하 좌우 전후 꽉 막혀
도무지 생각이란 놈이
들어갈 곳이 없다

가슴에 벽이 생겼다
상하 좌우 전후 꽉 막혀
도대체 감정이란 놈이
숨 쉴 구멍이 없다

속박의 벽을 부숴라
맘껏 날아올라라
깃털 같은 너
자유로운 영혼의
소유자여

# 낙엽비

사그락사그락
비가 내리네

관목 위
지붕 위
나그네 머리 위로
빙글빙글
춤을 추며 내리네

이 가을이 다 가도록
오색
낙엽비가 내리네

# 시련은 에너지를 낳는다

길게, 아주 길게
시체처럼 누워있던 일상들을
노크도 없이
나태의 성 안으로
성큼, 들어서는 시련을
기나긴 잠에서 깨어난 감성이
와락, 끌어안는다

다람쥐, 쳇바퀴 도는 날들의 연속
무미건조해져 버린 심신에
적절한 시련은
삶의 의미를 되새겨주고
넘치는 에너지가 되어
세상을 향해
화려한, 날갯짓을 한다

# 뒷모습에 새겨진 표정

남을 의식하지 않을 때의
뒷모습은
온전한 그 사람의 표정이다
선천과 후천의 조합으로
자연스레 배어나는

생명체인 인간은
자의든 타의든
제각각의 뒷모습을 만들며
오늘을 살아간다
괴로운 허기진 행복한…

감출 수 없는 뒷모습
남을 판단할 수 있지만
나를 판단할 수 없는
나의 뒷모습은 과연
어떤 모습인가

# 어느 가난한 시인을 위하여

시인의 눈은
너무나 맑아 어린아이 같아서
만능 스폰지처럼 여과없이
그대로 흡수한다

시인의 심장은
너무나 뜨거워 활화산 같아서
아름다움도 추함도 모두 녹여
시어로 승화시킨다

시인의 뇌는
너무나 기발하여 번개 같아서
독특한 생각이 순간 파뜩이며
찰나를 그린다

시인의 공간은
너무나 가난하여 빈항아리 같아서
살짝 두드리면 청아한 소리가

곳곳에 울려 퍼진다

텅 비어 있어도
늘 배부른 항아리같이
넉넉한 시인을 위하여
파이팅을 외치자
어느 가난한 시인을 위하여

# 거울과 사진


젊었을 적 거울 보기를 좋아했어
거울 속 모습이 너무 어여뻐
시시때때로 거울을 들여다봤어
언제부턴가 거울을 보지않았지
거울 속 얼굴이 미워 보여
점점 거울을 외면하게 되었어

젊었을 적 사진찍히기를 즐겨했어
사진 속 모습이 사랑스러워
틈만 나면 사진을 찍혀댔었어
언제부턴지 카메라를 피해다녔지
사진 속 모습이 추해 보여
점점 사진을 멀리하게 되었어

알고 보니
거울과 사진을 멀리하게 된 때가
서로 비슷한 시기였어
청년기와 노년기로 갈리는 시기였었지

〈

이제부터
거울 속 주름진 얼굴에서
사진 속 초라해진 모습에서
아름다움을 찾으려
거울과 사진을 가까이하려 하네

# 어느 남자의 문신

전철 안 노약자석에
어느 젊은 남자가
떠억 앉아있다
물론 커다란 여행가방에
꽤 묵직한
비닐봉지까지 있어
이해 못하는 것은 아니다
얼결에 문신을 보았다
행여 눈 마주칠세라
얼른 고개를 돌렸다
문신이 그 남자의 팔뚝을
도배하고 있었다
남자의 과거가 주마등처럼
뇌리를 스친다
앞으로의 인생은 순탄하기를

# 눈물의 가치

눈물을 쉽게 흘리지 말거라
눈물이 나오려 하거든
신나는 노래를 흥얼거리자

눈물의 가치를 가벼이 여기지 말거라
당신은 세상에 단 하나밖에 없는
아까운 사람이기에
눈물 한 방울도 소중히 여기거라

남에게 흐르는 눈물을 보이지 말거라
당신은 자부심으로 가득찬 사람이며
세상에 단 하나밖에 없는
소중한 눈물을 아무에게나 보이지 말거라

매일 주문처럼
나는 소중한 사람이기에
나의 눈물 또한 소중하다 되뇌이거라

# 빨대

빨대는 음료를 마실 때
참 유용한 도구다
특히 갓난아이나 노약자가
컵을 들 힘도 없고
마실 기운이 없을 때
약간의 입심으로
들이마시기만 하면
입속으로 쑤욱 들어오니
살짝 삼키면 되고
질질 흘리지 않아도 된다

빨대를 이용하여
세상에 빨대를 꽂는 사람도
적지 않다
잔지능으로 교묘히
아이들의 가슴에
평범한 이들의 등에
강하고 깊게 빨대를 꽂고

피를 흡입한다
최대한 많이 많이

이 맛에 중독되어
배부른 줄 모르고
허우적대며 즐기다가
시뻘건 피의 강에 빠져
헤어나오지 못하는 이
허다하다
그들 인생의 말로는
비참할 것이다

# 염화칼슘 코팅의 계절

겨울에 눈이 오면
제설 방법도 다양하다

빗자루에 눈삽, 송풍기 등
그중 으뜸은 염화칼슘이다
보행자 미끄럼 사고 예방
차량 사고 예방 및 원활한 소통을 위해
차도며 인도, 아파트 단지에
일제히 염화칼슘을 살포하여
눈이 녹은 후에도 코팅이 되어
바닥이 반질반질하다
가을부터 염화칼슘 확보를 위해
각계각처에서 주문이 쇄도하고
일주일 후의 가격을 알 수 없으며
불 보듯 뻔한 건 오로지 인상

어김없이 우리 곁에 다가온
염화칼슘 코팅의 계절

# 별마로천문대에서 겨울 천체를 관측하다

유난히 까만 천문대의 겨울 밤하늘
별들이 총총 보석처럼 박혀 있다
북두칠성 국자 모양 하단의 폭으로
다섯 걸음 서쪽으로 눈을 돌리니
가장 큰 별 북극성이 반짝인다
북극성에서 남쪽으로 눈을 돌려
가장 큰 별을 찾으니
시리우스가 인사한다
시리우스를 하단 기준으로
겨울철 다이아몬드 가운데쯤
노란 큰 별을 찾으니
베델게우스가 인사한다
베델게우스를 좌측 어깨 기준으로
모래시계 모양의 오리온자리가 있다
서쪽으로 붉은 행성 화성과 황소자리
동쪽으로 작은개 북쪽으로 쌍둥이
남쪽으로 큰개, 토끼자리가 반긴다
겨울철 다이아몬드와 가을철 대사각형 사이로

우리 은하와 가장 가까운 은하
안드로메다가 자리하고 있다
그 옛날엔 뱀주인자리를 포함하여
별자리가 13개였다지
망원경으로 지구의 위성 달을 관측하고
태양계에서 가장 큰 행성
갈색 줄무늬 목성을 관측했다
맨눈으로는 1개로 보이는 별이
수십, 수백 개의 별들이 모인 성단
좀생이 별이란다
여름에는 선명한 고리가 멋진
토성을 만나러 와야지
우주의 신비에 한 걸음 두 걸음
가까이 다가가야지
눈으로 빨려온 별들이 가슴에 콕 박혔다

# 독백

탄생은 시작이다
인간은 탄생과 동시에 죽음을 향해 달린다
백 미터 달리기일수도
마라톤일수도 있는 출발점인 것이다
나는 탄생의 출발점에서 어디만큼 왔을까

죽음은 또 하나의 시작이다
생명은 죽음과 동시에 탄생을 향해 여행한다
이 세상에서 다른 세상으로
조금 먼 곳으로 이사를 가는 것일 뿐이다
나는 죽음의 출발점까지 얼마만큼 남았을까

끝없는 순환
사死는 생生 무無는 유有
만물은 영원한 유有이며 생生인 것이다

# 삶의 외침이 응축된 깊은
# 인간애의 시 세계

박숙희 | 시인, 문학평론가

# 삶의 외침이 응축된 깊은 인간애의 시 세계
## — 제1시집 「위대한 카시니, 토성 품에 잠들다」를 중심으로

박숙희 | 시인, 문학평론가

## 1. 들어가는 말

서옥임 시인의 첫 번째 시집 『위대한 카시니, 토성 품에 잠들다』 출간을 축하하며 기쁘게 생각한다. 서 시인은 이미 오래전부터 시와 더불어 살아 왔기에 작품 속에는 창작으로 인한 불면의 밤과 고뇌의 순간 퇴고의 흔적이 곳곳에 배어있다.

그런 탓인지 처녀 시집이라고는 볼 수 없을 만큼 그의 시 세계는 내재율과 표현상의 압축성으로 응축된 깊은 시 세계를 발견할 수 있다. 말이 인간의 표현이라면 시는 사회의 표현이다. 시는 산문적 진술로 환원될 수 없는 언어 예술이고 말의 음악이다.

발레리는 "서정시는 외침 소리를 발전시킨 것이다"라고까지 말했다. 슬픔이나 외로움, 놀라움이나 기쁨, 고통을 나타내는 짧은 외침이 서정시의 근원인 것이다. 이런 점에서 볼 때 서 시인의 첫 번째 시집은 삶의 고난과 사랑, 아쉬움들, 모든 순간들이 때로는 호기심이나 상상의 세계까지 시가 되어 위로와 따스함을 선물한다.

유년 시절부터 지금까지 묵묵히 살아온 세월의 모습들이 그리움과 성취감으로 시심詩心에 불을 질러 뜨거운 활화산처럼 분출되고 있다.


이번에 상재한 제1시집은 제4부로 나뉘어져 편집되었다. 제1부는 「시간여행」 제2부는 「우리는 날마다 지옥철을 탄다」 제3부는 「사랑하는 나의 아들 딸아!」 제4부는 「내면의 소리에」로 엮어져 있다.

서옥임의 시 세계는 부모님과 자녀들을 향한 절절한 사랑이 녹아 있는가 하면 늦은 나이에 직업을 가지고 출근길에서 근무지에서 느끼는 사람 사는 이야기, 아득히 먼 선사시대로부터 빛의 속도보다 빠르게 현대의 발전하는 우주과학 시대까지 시간 여행을 통해 작품이 탄생하기도 한다. 별을 관찰하기를 좋아하던 문학소녀는 발전한 우주과학 시대에 걸맞게 제3세계로의 꿈과 관찰과 지식이 작품에 스며들어 우주 탐사선이 토성에 안착하는 과학적 지식까지 놀랍도록 이미지화시키며 수준 높은 시의 세계로 이끈다.

서옥임 시인은 2016년 《지필문학》을 통해 시인으로 등단하며 신인상을 받았다. 등단 전부터 수년 동안 작품을 써왔기에 그의 시 세계는 더욱 견고해 졌고 따라서 상상의 세계 또한 현실을 떠난 우주의 동경이 그의 문학정신을 견고하게 만들었다. 초등학교 시절에는 책 읽기도 좋아하고 글쓰기를 잘하여 선생님으로부터 도서관 열쇠를 받을 정도로 이미 글쓰기의 재능을 인정받았다. 결혼 후 주부로 사는 동안에도 일기를 쓰듯 글쓰기는 멈추지 않았고 어려운 신춘문예도 도전할 만큼 (비록 당선은 못되었어도) 열정적인 문학인의 삶이 곳곳에 녹아있다. 그 시절 써왔던 습작품들이 기초가 되어 탄탄한 작품으로 자리매김하는 원동력이 된 것 같다.

지금은 주택관리사라는 직업을 가지며 날마다 시간에 쫓기며 달려서 지옥철을 타고 출근하는 직장인이다. 그 복잡한 출근길 지하철 안에서도 혼자만의 시상을 떠올리는 타고난 문학가이다. 그의 작품에는 유년의 꿈이 보이는 바다가 보이고 고향 나주에서 어린 날 친구들과 뛰놀던 자연의 풍경이 밑바탕이 되어 따뜻한 서정시로 표현된다. 그런가 하면 고독을 즐길 줄 아는 강인함과 처절함이 엿보이는 등 향토 이미지와 도시의 이미지가 정통적인 시작詩作 기법으로 이미지 조합을 잘 이루고 있다. 기승전결의 논리적 구성법을 벗어나 자연이 부여한 순수 생명 에너지에 힘입어 반듯한 시어詩語로 구축되어 있다. 이제 서옥임 시인의 시 세계로 들어가 보자.


## 2. 시 들여다보기와 견고한 작품 세계

혼돈의 굴레
절망의 심연에서
가녀린 짐승의 몸부림으로
울부짖던 젊은 날

기어코
한 움큼 어둠을 마셔버렸다
굳어가는 육신의 몸뚱이 위로
춤추듯 가벼운 영혼의 또 다른 나

저 시리도록 푸른 하늘이
희망으로 다가오던 날
모든 존재에 감사하며
부딪힘도 순응하며 지나온 세월

…중략…

살빛 사각의 정원에
안전 나무 푸르게 가꾸며
화합 꽃을 찬란히 피우니
도란도란 삶의 향기 솔솔 불어온다

—「사각의 정원」부분

　좋은 문학은 상저를 어루만지면서 아픔을 달래 수는
행위에 있다. 시는 거짓이 없는 마음, 순정하고 솔직한
마음이 주조를 이루어야 한다. 내용도 없이 곁만 번지르
한 시들은 경계해야 마땅하다. 서옥임의 시는 이런 면에
서 일찌감치 비켜서 있다. 혼돈의 굴레에서 울부짖던 젊
은 날의 고뇌가 촌천살인의 섬뜩함마저 느끼게 하는 기
지있는 표현이다. 그러나 절망으로 끝나지 않고 시리도
록 푸른 하늘 바라보며 희망을 노래한다. 어려움 속에서
도 모든 존재에 감사하며 순응하며 살아온 시인의 세월
이 성숙한 시 세계로 승화되어 순수한 생의 에너지로 표
현된다

　무심한 해는
　서둘러 모습을 감추고

남겨진 황혼
이름 모를 산등성이 맴도는데

어둠 맞을 준비하는
묘지들 사이로
국화꽃 한 송이
놓일 곳 찾아 헤매인다

아홉 번의 봄 아홉 번의 여름
아홉 번의 가을 겨울 지나
해마다 오리라 다짐했건만
이제야 찾아온 이곳

…중략…

애꿎은 손은 국화 꽃잎만
뜯어 날렸었지
무심한 해와 걸음 느린 황혼이
사라질 때까지

무언가 어디엔가 누구엔가
치밀어 오르는 분노
'왜' '하필이면' 혼잣말을

수없이 되뇌이는데

딱딱하고 비좁은 침상에서
외치는 존재의 속삭임
내려와 침묵하는 어둠처럼
무심無心하라고

—「석계공원 묘원에서 — 침묵하는 영혼에 바치는 시」 부분

　서옥임의 시는 살아있음과 죽음의 경계선에서 조용히
침묵하면서도 가슴속에는 치밀어 오는 슬픔과 분노 때로
는 속삭임으로 때로는 무심無心으로 되뇌이는 고뇌가 보
인다. '왜' '하필이면'이라는 의문을 수없이 하며 침묵
하는 영혼 앞에서 소리치고 싶다.
　아홉 번이나 사계절이 지나고야 찾아올 수밖에 없었던
마음은 국화꽃 놓을 자리를 찾아 묘지들 사이로 헤매이
며 늦게 찾아온 자신을 자책하며 통곡한다. 터놓고 그 아
픈 사랑의 사연을 말하고 싶지 않지만 시인의 슬픈 절규
회한이 가슴 절절히 녹아있어 같은 경험으로 슬퍼하는
사람들에게 따뜻한 위로가 된다. 회한에 젖어 울고 있는
사람들을 위로하는 따뜻한 사랑의 강이 작품 속에 흐른
다.

개나리 명자꽃 핀 윤중로
흐드러진 벚꽃 그늘
각양각색 모여든 인파들 설레고
질주하는 자동차
감탄사 힐끗 번개처럼 사라진다

진달래 목련 수줍은 앙카라 공원
호젓한 산수유꽃 오솔길
애틋한 남녀 밀애를 즐긴다
민들레 씀바귀꽃 흰나비 분주하고
복사꽃잎 스치는 봄바람에 파르르 떤다

실버들 하늘거리는 샛강 생태공원
연두빛 하양빛 꿈결 같은 꽃구름
여의 못 오리 자맥질이 한창이다
파랑새꽃 제비꽃 다소곳이 봄볕 쬐고
산뜻한 자전거도로 라이딩이 즐겁다

벚꽃 만개한 국회의사당
금융투자협회 지기 황소 힘이 불끈 솟는다
태양이 머리 위를 비출 즈음
빌딩 숲 화이트칼라 쏟아져 나오고
꽃눈 내리는 여의도 미소가 화사하다

빛바랜 갈대는 변함없이
거친 강바람에 휘고 흔들리며
어딘가를 향해 연신 굽신거린다
메타쉐콰이어는 우뚝 서서
조아리는 갈대를 응시하고 있다

까치,
목청 높여 노래 부른다
기나긴 겨울 지나
새봄이 왔노라고
한강은 여의도를 품고 유구히 흐른다

—「여의도의 봄」 전문

봄이 오는 여의도 윤중로 벚꽃 길에서 추운 겨울 지나 새로 오는 봄을 맞으며 목청을 높여 자연을 노래한다. 과정 없는 결과가 없듯이 겨울이 있기에 봄은 오는 것이고 인고의 과정은 필연인 것이다. 세찬 바람이 불어야 억센 풀을 볼 수 있고 매서운 서릿발이 내려야 상록수를 구별한다. 그러하기에 시인은 여의도의 세찬 바람과 꽁꽁 얼었던 얼음이 새봄의 따스한 기운 아래 꽃이 피고 새들이 노래하는 길에서 찬란한 봄을 맞으며 위대한 자연 속으로 빠져든다.

아리스토텔레스는 그의 저서 『시학』에서 "인생은 자연의 모방이요, 시는 현실의 모방이다"라고 말했다. 자연은 시인에게 철학적 사유와 영원한 감성을 제공하는 스승이다.

콩나물시루는 옛말
겹치고 눌려 찰시루떡 신세다

가방은 몇 명 건너
틈바구니에 끼인 채
꼼짝도 안 한다

구두는 남의 발을 밟고 있다
욕설이 난무하고
여기저기 아우성이다

고의가 아닌 줄 뻔히 알면서
버럭 서로 화를 낸다
찰시루떡이다

뿜어나온 김들이
떡시루 안에 뭉게뭉게
우리는 날마다 지옥철을 탄다

― 「우리는 날마다 지옥철을 탄다」 전문

  아파트 관리소장으로 근무하며 출근길 지하철 속 복잡한 풍경을 시인의 눈으로 본다. "콩나물시루는 옛말, 겹치고 눌려 찰시루떡 신세이다" 향토적 표현이 흥미롭다.

  삶의 무수한 현장에서 시인은 매 순간의 느낌을 시어로 옮겨본다. 시를 사랑하는 시인의 열정은 어느 한두 군데 국한된 것이 아니라 퍼뜩 복잡한 전철 안에서도 어둠이 내려앉은 거리에서도, 밤하늘의 무수한 별빛을 보면서도, 세상 곳곳에서 그의 감성은 살아 움직인다. 컴컴한 동굴 속에서 해골바가지에 물을 벌컥벌컥 마시는 원효대사는 동굴 속 암흑 속에서 이치를 깨달아 당나라 유학길을 포기하고 무사승無師僧의 길로 접어들었다고 한다. 서 시인은 복잡하고 힘든 직장 생활을 하면서도 깨우침을 얻으며 시 창작은 쉬지 않고 계속된다.

  꿈속에서
  칸나의 붉은 꽃길을 걸었어
  오래전에 그랬던 것처럼

  세월 저편
  행여 누가 볼까
  고이 접어 둔

젊은 시절의 페이지

그대는
희고 순결한 내게
칸나의 꽃잎처럼 붉디붉은
가슴으로 다가왔어

그리움에
서럽도록 붉은 칸나의 꽃길을
오늘도 한없이 걷고 있어

ㅡ「칸나의 계절」전문


　순수하고 지고지순한 사랑이 칸나의 붉은 입술을 통해
가슴이 저리게 표현되고 있다. 하나의 진리를 터득하기
위해 수많은 시간을 보내야 하듯이 붉게 사랑하던 시절
도 그때는 모르다가 세월이 훌쩍 지난 뒤에야 그 사랑의
순간을 떠올리며 아쉬움으로 남는다. 그리움으로 사무친
사랑으로 한없이 다가오는 것이 하얗게 순수했던 시절의
사랑의 마음인가 보다. 꿈속에서조차 잊지 못하는 젊은
시절 고이 접어 둔 사랑이 시인의 숭고한 감성으로 빚어
낸 사랑 시로 순수했던 젊은 날로 잠시 회귀한다.

눈빛 선한 마음속엔
맑은 기쁨의 시냇물이
넘쳐 흐른다

눈빛 선한 얼굴엔
고요한 평화 있어
근심의 무게 가벼워지고
상념은 봄눈 녹듯 사라진다

…중략…

선한 눈빛 사람은
갓난아이 해맑은 미소
햇살비가 까르르 내려앉는다

　　─「눈빛 선한 사람」 부분


　영국의 낭만주의 시인 윌리엄 워즈워스는 "시는 고요 속에서 회상해낸 감성이다"라고 말했다. 눈빛이 선하고 아름다운 사람을 보며 고조된 감정의 함축된 표현이 고요함 속에서 갓난아기의 해맑은 미소처럼 까르르 내려앉는다. 순백의 평화와 기쁨이 잔잔히 흐른다. 세상의 근심 걱정 어둠은 눈이 녹듯이 사라지고 오직 맑고 아름다운 선한 눈빛의 사람만이 고요하고 평화롭게 다가온다. 우리 모두는 그런 사람과 인연을 맺으며 살고 싶다.

셰익스피어의 사랑의 시 「소네트」를 읽으면 아련한 그리움에 가슴 젖으며 소네트의 영감에 빠져들게 된다. 이제는 황혼기에 접어든 서옥임 시인도 그런 선한 눈빛의 사람과 사랑을 꿈꾸는 소네트의 감성이 가슴에 남았기에 인간애가 아름답게 전개되는 서정시로 빛을 발한다.

무수한 별들의 요람

광활한 우주에서

아름다운 행성이 되기를 갈망하며

인고의 시간 엮어 자신을 연마하는

거친 소행성들의 비행


우주 안의 우주

파괴의 신처럼 맹렬히 날아오는

혜성도 두렵지 않은

떠 있는 자율주행

둥근 우주 주택


…중략…


푸르던 고향별

인류의 조상 오스트랄로피테쿠스가
두려움에 떨며 생을 연명하던
원시 지구로
시간여행을 떠나볼까나

—「우주 주택」부분

　무한한 상상력으로 우주에 대해 탐구하기를 좋아하는
시인은 결국 우주에 둥근 주택을 짓는다. 혜성도 두렵지
않은 떠있는 자율수행 둥근 우주 주택이 지어신 상상의
세계가 신비롭다.
　서옥임 시인은 우주에 대한 지식도 남다르다. 과학 서
적 읽기를 좋아하는가 하면 젊은이들처럼 우주 과학관
관람도 즐기며 발전하는 우주과학 세계에 빠져 구체적으
로 토성으로 향하는 탐사선 카시니호에 대한 호기심으로
발전한다. 그런 상상 속 지식을 시와 접목시키기에도 능
숙하다. 놀랍고도 대단할 뿐이다. 일상 속에서 주변에 보
이고 들리는 소리에만 안주하며 머무르는 데서 탈피하여
날개라도 달고 하늘로 훌훌 날으며 상상 속에 둥근 우주
주택을 멋지게 지어보는 시인의 시 세계가 놀랍다.

　블랙홀Black Hole,
　사건의 지평선 너머 선사시대로

시간여행을 떠난다

봄볕 따사로운 천제단 언덕 아래
따비로 밭 가는 벌거숭이 남정네
움집 화덕에 불 지피는 아낙네
웃음소리 낭랑하게 석곽묘 돌며 뛰노는 아이들
아! 조상의 숨결 그윽하여라

타키온Tachyon,
빛의 속도보다 빠르게 조선시대로
시간여행을 떠난다

…중략…

워프Warp10,
시공간을 왜곡하여 우주시대로
순간이동을 한다

아인슈타인 로젠 다리 건너
안드로메다은하 푸른 별장에 누워
팔 뻗어 청정 과일을 따먹고
무지개꽃 뜨락을 거니는 다정한 연인들
아! 후손의 지혜 감미로워라

—「시간여행」 부분

고대 선사시대가 보이는가 하면 조선시대가 오고 우주를 꿈꾸는 미래가 나타난다. 빛의 속도보다 빠른 시간 여행이다. 잠시 시간을 넘나드는 시인의 상상의 세계는 경이롭고 감미롭다. 선사시대에 벌거벗은 남정네가 따비라는 농기구를 사용하며 논과 밭을 일구는 과거 역사 속에 빠져있는가 하면, 어느새 빛의 속도로 빠르게 지구에서 가장 가까운 은하 안드로메다의 푸른 별장에 누워 팔을 뻗어 과일을 따먹으며 무지개 뜨락을 거니는 놀랍도록 감미로운 미래의 세계로 빠져들게 만든다.

서옥임 시인의 시 세계는 과연 어디까지 뻗어 나갈까 궁금하다. 후손들의 지혜를 믿기에 상상의 세계에서도 행복한 꿈을 꾸는 시인의 세계가 아름답다. 놀랍도록 무한한 서 시인의 시 세계를 따라가기가 숨이 차다. 삶의 현장에서 보이고 느끼는 것에만 그치지 않고 주변의 한계를 뛰어넘는 서 시인의 세계관 우주관 철학적 사유가 돋보이는 부분이다.

세상에서 가장 특별한 땅
D M Z를 사이에 두고
서로 총구를 겨누고 있다

왜, 우리는 너와 내가 되어
대치해야 하는 것일까
분단의 아픔 대신 오염되지 않은
천연자연을 얻은 것일까

…중략…

그 누구도 넘을 수 없는 하늘을
새들은 마음껏 넘나든다

—「D M Z」부분


우리나라는 지구에서 유일한 분단국가이다. 북한은 지금도 총부리를 겨누며 핵을 무기 삼아 대한민국을 협박하며 무시로 으르렁거린다. 잠시 남과 북을 남과 녀로 비약하며 머리를 식혀보자. 남자와 여자로 만난 연인들은 사랑하면서도 심리적으로 밀고 당기면서 사랑놀이를 하지만 언젠가 서로 포옹하며 맘껏 사랑할 수 있는 날을 꿈꾸기도 한다.

남과 북도 이런 날을 꿈꾸며 통일의 소원으로 기원하며 지금까지 살아왔는데 분단의 세월은 끝이 보이지 않고 휴전이라 말하며 우리는 늘 전쟁의 공포 속에 살고 있다. DMZ를 바라보는 우리 모두는 안타깝고 슬픔이 가득하다. 자유롭게 하늘을 날으며 남과 북의 땅을 나는 새들이 한없이 부럽고 키가 큰 풀숲 사이로 고개를 내미는 동물조차 부럽기만 하다.

　말없이 흐르는 강물도 푸른 하늘도 그곳에 가면 부러운 존재이다. 바람처럼 새처럼 자유롭게 날아 북녘 땅에 갈 수 있는 날은 언제나 올까…… 분단의 벽이 슬프고도 안타깝게 시의 강 속으로 흐르고 있다.


　　스윙바이swingby 항법으로
　　천체 중력 에너지를 수혈하며
　　인류의 희망을 싣고
　　토성으로 향하는 탐사선 카시니호
　　목성 자기장, 태양풍을 감지한다

　　소행성대를 무사히 지나
　　육각형 소용돌이가 선명한
　　아름답고 역동적인 토성까지
　　삼십오억 킬로미터
　　칠 년의 머나먼 여정이
　　참으로 대견하다

　　메탄 바다의 타이탄
　　엔켈라두스의 물기둥

역주행하는 포에베를 탐사하고

암석, 얼음 조각들의 신비로운

고리를 가로질러

토성 대기권에 진입한다


…중략…


팔십억 킬로미터, 이십 년의 생애

우주의 수많은 베일을 벗기고

마지막 유작으로 작별을 고하며

토성 품에 영원히 잠든 카시니

위대한 카시니여

굿바이goodbye.


— 「위대한 카시니, 토성 품에 잠들다」 부분


서옥임 시인의 시를 읽으며 그와 대화를 나누며 번개처럼 다가온 느낌은 서 시인이 내가 좋아하는 미국의 여류시인 에밀리 디킨슨과 일면 닮은 점이 있다는 생각을 한다. 에밀리 디킨슨은 죽을 때까지 겉으로는 평범해 보이고 조용한 시인이었지만 내면적으로는 골수까지 파고드는 강렬하고 열정적인 삶을 살며 시의 경지를 넓혔다.

서 시인은 주부로 직장인으로 평범하게 살아온 듯해도

끝없는 열정으로 쉬지 않고 습작을 하며 고뇌와 불면의 밤을 강렬하게 살아왔다. 또한 나날이 발전하는 과학문명 세계 속에서도 글감을 찾으며 공부하며 나이든 여성들이 좀처럼 찾지 않는 천문 과학관을 견학해 보기도 하고 그의 호기심과 학구력, 우주에 대한 관심이 지대하다.

여성도 사회의 일원으로서 남성에게 편승하지 말고 능력을 키우고 살라고 하는 현 시대에서 "여성은 여성으로서 강하라"는 말을 실천하며 살아가는 서 시인의 모습은 희망적이다. 토성으로 향하는 탐사선 카시니호를 관찰하며 환희의 가슴으로 작품이 탄생한 순간이다. "어떻게 사랑하며 살 것인가?"에 대상은 사람과의 관계 속에서뿐 아니라 자연 속에서 그리고 멀고 먼 우주까지 지경을 넓히며 시의 세계를 찾아가는 모습이 교훈으로 남는다.

내 나이는 60
얼마 전 면접을 12번 치뤘다
탈락한 이유는 나이 탓
대부분 하는 말
집에서 쉬어도 되지 않나요?

…중략…

주름을 백발을

자랑스러운 경륜으로 여기며

당당히 출근하는 날이

언젠간 올 수 있겠지.


—「내 나이 60 출근을 한다」 부분


누구에게나 자신을 자신답게 만드는 비밀스러운 공간이 있다. 모든 인간의 마음속에는 깊은 연못 같은 심연의 세계가 존재한다. 자기 개성이 발견되고 추구하는 것이 저장되어 있고 실현하려는 욕망이 있다. 젊음은 어느덧 가고 시간이 흘러 환갑 나이가 되었을지라도 주부로서만 살기에는 가슴이 뜨겁다. 여러 번 목적 달성을 위해 도전하며 실패를 맛보았지만 끈질긴 인내력으로 시인은 현실 속에서 자아를 실천하는 시험에 통과한다.

그리고 60에 스스로를 자랑스럽게 여기며 출근을 한다. 복잡하고 힘든 출근길이라도 목표를 향해 달려가 성취감을 맛볼 때의 기쁨이 시 속에 고스란히 녹아있다.

문득 김춘수 시인의 「꽃」이라는 시를 패러디하고 싶다. "우리들은 모두/무엇이 되고 싶다" 시인이 말하는 그 무엇은 사회생활 속에서도 있을 수 있고 사람과 사람 사이에서도 존재할 것이다. 또한 한 생生을 살아가면서 가슴속에 꿈꾸던 그 무엇일 수도 있다. 서옥임 시인의 자화상을 보는 듯한 현존의 모습이다.

구순을 훌쩍 넘긴

노모의 정성이 섬섬히 배인 보자기에

주섬주섬 담아준 고향의 갖가지 사연을 안고

열차는 깊은 한숨을 내쉬며 나주역을 출발한다


자욱한 안개에 휩싸인 십이월의 가로등이

졸음 가득한 눈으로 꾸벅꾸벅 졸고 있다

열차는 공간 속을 달려 정읍역에 다다르자

잔뜩 움츠린 거무스레한 행렬이

짐승의 무리처럼 엉금엉금 안개 속으로 사라진다


열차가 시간 위를 달리자 밤이 슬그머니 내려와

검은 장막을 펼치니

안개는 흔적도 없이 사라져버렸다

열차는 박차를 가하며 밤을 달리고

칠흑같이 어두운 들판을 지나치는가 하면

대낮처럼 환하게 밝히는 조명들의

현란한 도시를 미끄러져 간다


어둠이 깊어갈수록 가로등은

더욱 반짝이는 눈빛으로 깜박거리고 있었다

이윽고 열차는 지친 몸을 이끌며

용산역에 도착한다

—「용산행 열차를 타고」 전문

시인은 누구인가? 시인의 눈빛은 어디에 있는가?

요즘 세대는 전례 없는 핵가족 중심이요 나아가서 반려동물 사랑에 빠진 세대이다. 이 시에 등장하는 허리 굽은 구순의 노모는 우리들의 어머니이다. 고향에 살고 계시는 노모와의 깊은 사랑과 교감이 정성으로 담아준 보자기 안에 들어 있다. 노모를 고향에 남겨두고 홀로 도시로 향하는 용산행 기차를 타는 딸의 마음은 깊은 한숨만 나올 뿐이다. 밤 기차를 타고 고향 나주를 떠나오며 노모에 대한 죄송함과 회한으로 몸은 지쳐 가지만 죄책감으로 마음조차 어두움인데 도시의 찬란한 불빛 속으로 들어오며 다시 현실 속에서 희망의 끈을 찾는다. 고향에 어머니를 생각하며 어두운 침묵 속에 고독을 앓고 있다.

나의 신성한 고독이여 / 잠깬 정원처럼 / 너는 풍요롭고 맑고 넓다 — 릴케

어둠 속에서 잠깬 '릴케의 정원'처럼 밝고 넓게 도시의 새 하루가 삶의 희망을 준다. 시는 가만히 서서 시인을 담배 연기처럼 고향으로 도시로 오가며 잠시 떠나게 한다.

연연두빛 껍질 속
잉태한 정열이
새빨간 청초함으로
부화하는 상 사 화

스치는 바람과
떨어지는 빗방울에
꽃 입술을 낙인한다

푸른 잎새 향한
절절한 그리움
아리고 아려
서러움이 되었구나

심장 속 검붉게
새겨진 님이시여
그대를 사랑하노라
영원한 사 랑 아

―「상사화」 전문

궁극적 실재를 바라보는 눈빛은 아무 일을 하지 않아
도 그 움직임과 변화의 전모를 볼 수 있기에 상사화 꽃과

162

잎새의 변화를 보며 짝사랑으로 그치는 실체를 본다.

자신의 심장 속에 붉게 새겨진 사랑하는 님을 영원히 만나지 못한다 해도 영원히 사랑한다고 고백을 한다. 영원한 사 랑 아…… 강하게 고백하는 시심이 아프다.

서정시는 개인적인 체험이 있어야 더욱 맛깔나게 쓰여질 수 있다. 서옥임 시인의 눈을 통해 가슴으로 느끼며 관찰되는 자연 그리고 꽃과 잎과 모든 존재들이 시인의 영감에 의해 감지되는 감정 생각들이 하나의 모티브가 되어 시가 되었다.


이름 모를 무덤가에
피어있는 할미꽃
자리 한 켠 내어준 어느 뉘께
다소곳이
고개숙여 인사하네


할미꽃
참으로 근사하구나
뽀송뽀송 보들보들
솜털 뽀얀 모습이
아기꽃이 어울릴 듯


봄볕 쬐는 무덤 앞에

피어있는 아기꽃
외로움에 겨운 어느 뉘의
사랑스러운
친구가 되었다네

 —「할미꽃은 아기꽃」전문

 마치 거울 속을 들여다보는 듯, 연못에 비친 하늘을 읽 듯이 무덤가에 핀 할미꽃의 뽀송뽀송한 솜털에서 시인은 아기의 모습을 발견한다. 숨길 수 없는 시인의 마음이다.
 너나없이 내 아들 딸 키울 때는 삶을 일구느라 정신없 이 바쁘게 살았기에 귀여움을 표현할 여유가 없었다. 젊 음은 가고 이제 노년에 이르니 어린 생명만 보아도 신비 롭고 귀하고 예쁘다. 할미꽃 속에서도 뽀송한 아기의 솜 털이 보인다. 비록 허리가 굽은 할미꽃으로 불릴지라도 시인의 눈에는 아기꽃으로 부르고 싶다. 꽃에 붙은 뽀얀 솜털은 아기를 연상하기에 충분하기 때문이다. 20세기 모더니즘 시에서도 주관적 서정 객관적 서정을 아우를 때 생명력 있는 서정시로 작품의 완성도가 높아진다고 말한다. 보편적으로 꼬부라진 할미꽃으로 불리워진다 해 도 서 시인의 눈에는 하얀 털이 보드랍게 뽀송뽀송한 아 기꽃이라 부르고 싶은 주관적 서정이 보이는 모더니즘의 시로 완성된다.

## 3. 나가는 말

서옥임 시인은 삶에 대한 관조, 자신이 추구하는 삶의 목표가 사랑과 열정 그리움으로 작품마다 포진되어 있다. 세 자녀를 향한 엄마의 사랑 책임감 인생의 선배로서의 교훈까지 때로 친구처럼 대화하며 삶을 시처럼 풀어간다. 어린 날 떠나온 고향에 대한 향수는 자연을 보며 아름다운 서정의 시를 짓게 하고 아버지 어머니께 못다한 효도가 회한으로 자책하며 열정적으로 글을 쓰는데 자양분이 되고 있다. 때로 고독과 고난이 있었다 해도 자기의 존재 확인을 위해 채찍질하며 살아왔기에 리얼리즘의 사랑 시와 낭만적인 서정시로 문학적인 토양을 만들어 준다. 시를 쓰는 재미와 성취감에 푹 빠져서 별을 사랑하고 우주로 향하는 독특한 개성이 단순하고도 자명한 직관과 지혜의 시인이라 칭찬하고 싶다. 꿈을 간직하며 오랜 시간 습작의 끈을 놓지 않고 도전했기에 서 시인의 시는 처녀 시집으로는 믿기지 않을 정도의 수준 높은 시로 독자들에게 첫 인사를 나눌 수 있게 됨을 기쁘게 생각한다.

자연은 시인의 스승이다. 또한 인간이 살아가며 겪을 수밖에 없는 고독과 아픔 슬픔은 시의 자양분이다. 이 모든 것은 우주 공간의 학습장이라 볼 수 있다. 서 시인의 삶의 경험들은 시공을 초월하는 시 세계로 발전하는데 큰 도움을 주게 된 것이다. 하나의 진리를 터득하기 위해 수많은 시간 동안 고행해야 하고 한 줄의 시를 짓기 위해 한자리 수 또는 두 자리 수의 시의 언어들을 버려야 할 때도 있었다.

한 편의 시를 마침표 찍기 위해 지우개로 지워버린 많은 낱말들의 상처도 있다. 버림받은 시어들이 지금도 울고 있는지도 모른다. 서 시인은 이렇게 버려진 시어들과 한두 줄의 시구들의 상처를 가슴으로 읽기에 시를 압축시키는 것에 미련이 남는다. 서옥임 시인의 내공이 쌓인 인간 내면의 탐구 시와 철학적 사유가 젖어있는 시어들이 잘 다져져서 형이상학의 시도 앞으로 크게 기대되는 바이다.

# 위대한 카시니, 토성 품에 잠들다

1쇄 발행일 | 2025년 04월 15일

지은이 | 서옥임
펴낸이 | 정화숙
펴낸곳 | 개미

출판등록 | 제313 - 2001 - 61호 1992. 2. 18
주소 | (04175) 서울시 마포구 마포대로 12, B-103호(마포동, 한신빌딩)
전화 | (02)704 - 2546
팩스 | (02)714 - 2365
E-mail | lily12140@hanmail.net

ISBN 979 - 11 - 90168 - 81 - 6  03810

값 13,000원